· 中国现代经典新诗集汇校本丛书 ·

预　言

何其芳　著

王彪　张岚媗　汇校

金宏宇　易彬　主编

长江出版传媒　长江文艺出版社

图书在版编目（CIP）数据

预言 / 何其芳著 ； 王彪，张岚媜汇校. -- 武汉 ：
长江文艺出版社，2024. 12. -- （中国现代经典新诗集汇
校本丛书 / 金宏宇，易彬主编）. -- ISBN 978-7-5702
-3796-8

Ⅰ. Ⅰ226

中国国家版本馆 CIP 数据核字第 202466TL92 号

预言
YUYAN

责任编辑：张　贝　　　　　　　责任校对：程华清
封面设计：胡冰倩　　　　　　　责任印制：邱　莉　丁　涛

出版：　　长江出版传媒　　长江文艺出版社
地址：武汉市雄楚大街 268 号　　　邮编：430070
发行：长江文艺出版社
http://www.cjlap.com
印刷：中印南方印刷有限公司

开本：640 毫米×960 毫米　　1/16　　　印张：6.5
版次：2024 年 12 月第 1 版　　　　2024 年 12 月第 1 次印刷
字数：62 千字

定价：20.00 元

汇校说明

　　《预言》是何其芳结集出版的第一部个人诗集，包括诗人从1931年到1937年间所写的三十四首新诗。这些诗作以其情感的深婉、意象的营造与节奏的自然，而有着鲜明、独特的艺术风格，在读者中有着较大的影响。《预言》的版本并不复杂，但从初刊本到初版本、新文艺本、文集本等都有所增删修订，在不同时代不同版本间产生大量异文。因之，《预言》的汇校本对何其芳诗歌，乃至整个的新诗研究都有所裨益。

　　一、《预言》的几个重要版本（按出版时间）：

　　（1）《汉园集》本。1936年3月，何其芳、李广田、卞之琳的《汉园集》由商务印书馆出版，为"文学研究会创作丛书"之一。该集中收入何其芳的《燕泥集》，共计《预言》《季候病》《罗衫怨》《秋天》《花环》《关山月》《休洗红》《夏夜》《柏林》《岁暮怀人（一）》《岁暮怀人（二）》《风沙日》《失眠夜》《夜景》《古城》《初夏》等16首诗作。

　　（2）《刻意集》本。1938年10月，何其芳的《刻意集》由文化生活出版社出版，为"文学丛书第五集"之一。集中卷四收录何其芳1932年至1935年间的部分诗作，共有《脚步》《慨叹》《欢乐》《昔年》《雨天》《梦歌》《爱情篇》《祝福》《赠人》

《圆月夜》《梦》《短歌两章》《夜景（二）》《墙》《砌虫》《扇》《枕与其钥匙》《风沙日（二）》等 19 首诗作。

（3）文化生活本初版，即初版本。1945 年 2 月由文化生活出版社刊行，繁体竖排，为"文季丛书之十九"。编辑者文季社，发行人吴文林，发行所文化生活出版社（上海巨鹿路一弄八号、重庆民国路一四五号、成都陕西街一〇六号）。定价一元四角。初版本共收录 34 首诗作。其中卷一 17 首，卷二 12 首，卷三 5 首。

（4）文化生活本再版。1946 年 11 月由文化生活出版社刊行，繁体竖排，为"文季丛书之十九"。编辑者文季社，发行人吴文林，发行所文化生活出版社（上海巨鹿路一弄八号、重庆民国路一四五号、汉口交通路二十四号），定价二元四角。收录诗作与初版本同。

（5）文化生活本三版。1949 年 1 月由文化生活出版社刊行，繁体竖排。编辑者文季社，发行人吴文林，发行所文化生活出版社（上海巨鹿路一弄八号、重庆民国路一四五号），定价金元五角。收录诗作与初版本同。

（6）新文艺本。1957 年 9 月由新文艺出版社刊行。上海市印刷五厂印刷，新华书店上海发行所总经售。印数 1—13000 册，定价 0.32 元。该版集前有《内容提要》："这是作者的第一本诗集，包括从 1931 到 1937 年所写的短诗三十四首。原由文化生活出版社出版。这次重印，由作者删去一首，补入一首，仍为三十四首。"该版共收录 34 首诗作，卷一 18 首，卷二 11 首，卷三 5 首。相较初版本，卷一《季候病》题目改为《秋天（一）》，

《秋天》题目改为《秋天（二）》，增补《昔年》一首；卷二删去《墙》；卷三不变。

（7）上海文艺社本。1982 年 12 月由上海文艺出版社出版发行，横排简体。一版一次印数 1—17000 册，定价 0.34 元。收入诗作与新文艺本同。集前有《内容提要》："这是作者三十年代的一本诗集。包括从 1931 年到 1937 年所写的短诗三十四首。原由文化生活出版社出版。1957 年新文艺出版社重版时，由作者删去一首，补入一首。这本有鲜明、独特艺术风格的诗集，在读者中曾有较大的影响。"。

（8）文集本。1982 年 1 月，《何其芳文集》由人民文学出版社出版。该文集"文章按不同体裁和写作时间编次，并标以年序，不再保留原有集子的名称"（《何其芳文集·编例》）。文集共分六卷，《预言》中的诗作大部分按创作年序收入第一卷。

（9）全集本。2000 年 5 月，《何其芳全集》由河北人民出版社出版。《预言》收录在全集第一卷，以新文艺本为底本，并把《墙》也收入在内，共计 35 首。

二、除以上的结集出版之外，《预言》中的很多诗作都最初刊载在《现代》《清华周刊》《西湖文苑》《文艺月刊》《文学季刊》《大公报》《绿洲》《新时代》《水星》《盛京时报》等报纸杂志上，是为初刊本。基于上述版本的梳理，并结合诸版本的重要性与修改程度，本汇校本以 1945 年文化生活出版社的初版本为底本，以诗作在报纸杂志的初刊本、《汉园集》本、《刻意集》本，新文艺本、上海文艺社本、文集本作汇校。体例如下：

（1）本书以脚注形式进行汇校。

（2）凡文本中有字、词、句、段落及标点符号有改动者，均用引号将改动之处摘出校录。同一处中几个版本都有变动者，按出版先后顺序排列。

（3）各版本中有脱字、漏字及模糊不清者，均以□代之。

三、校勘之事，往往事倍而功半，虽已细心、耐心，亦难免窜误、遗漏。不足、错误之处祈请读者批评指正。

发表篇目统计表

篇目	发表刊物
《季候病》	与《有忆》合题作《诗二首》载于《现代》1932 年 10 月号，第 1 卷第 6 期。
《脚步》	原题作《有忆》，与《季候病》合题作《诗二首》载于《现代》1932 年 10 月号，第 1 卷第 6 期。
《慨叹》	初刊于《社会日报·星期论坛》1933 年 3 月 5 日第 7 期；又载于《清华周刊》1933 年 4 月 19 日，第 39 卷第 5、6 期合辑。
《欢乐》	初刊于《社会日报·星期论坛》1933 年 3 月 5 日第 7 期；又题作《问》，载于《清华周刊》1933 年 4 月 19 日，第 39 卷第 5、6 期合辑。
《雨天》	初刊于《社会日报·星期论坛》1933 年 3 月 12 日第 8 期；又题作《雨天的相思》，载于《西湖文苑》1933 年第 1 卷第 3 期。
《罗衫》	原题作《幽怨》，与《希冀》合题作《诗二首》载于《西湖文苑》1933 年第 1 卷第 1 期。
《花环》	载于《民报》1934 年 4 月 20 日。

（续表）

篇目	发表刊物
《爱情》	原题作《爱情篇》，载于《绿洲》1936 年第 1 卷第 3 期。
《月下》	原题作《关山月》，载于《盛京时报》1934 年 1 月 1 日。
《祝福》	原题作《长相思》，载于《文艺月刊》1933 年第 3 卷第 7 期。
《休洗红》	载于《文艺月刊》1933 年第 3 卷第 7 期。
《夏夜》	原题作《无题》，载于《文艺月刊》1933 年第 3 卷第 7 期。
《赠人》	原题作《古意》，载于《新时代》1933 年第 4 卷第 1 期。
《再赠》	载于《西湖文苑》1933 年第 1 卷第 2 期。
《圆月夜》	原题作《夏夜》，载于《文艺月刊》1933 年第 3 卷第 12 期。
《柏林》	载于《每周文艺》1933 年第 1 期。
《夜景（一）》	原题作《荒城》，载于《大公报（天津）》1934 年 4 月 18 日。
《古城》	原题作《古城与我》，载于《文学季刊》（北平）1934 年第 1 卷第 3 期。
《墙》	载于《大公报·文艺副刊》（天津）1934 年 9 月 26 日，第 105 期；又载于《盛京时报》1934 年 10 月 10 日。
《扇》	载于《水星》1935 年第 1 卷第 6 期。

（续表）

篇目	发表刊物
《风沙日》	原题作《箜篌引》，载于《万县民众教育月刊》1935 年第 1 卷第 4 期；又载于《水星》1935 年第 2 卷第 3 期。
《送葬》	原题作《送葬辞》，与《于犹烈先生》《人类图史》合题作《七日诗抄》载于《文丛》1937 年 3 月 15 日，第 1 卷第 1 期。
《于犹烈先生》	本诗与《送葬辞》《人类图史》合题作《七日诗抄》载于《文丛》1937 年 3 月 15 日，第 1 卷第 1 期。
《声音》	载于《大公报·文艺副刊》1937 年 1 月 31 日，第 293 期；又载于《好文章》1937 年第 6 期。
《云》	载于《大公报·文艺副刊》1937 年 7 月 25 日，第 366 期。
《醉吧》	载于《新诗》1937 年 1 月第 4 期。

汇校版本书影

1945 年 2 月初版本
文化生活出版社

1957 年 9 月新 1 版

新文艺出版社

何其芳

上海文艺出版社

封面设计：韦西厘

预　言
何其芳

上海文艺出版社出版
（上海绍兴路74号）
新华书店上海发行所发行　江苏苏州印刷厂印刷
开本787×1.05　1/32　印张2.625　插页4　字数31,000
1982年12月第1版　1982年12月第1次印刷
（原新文艺版）
印数：5—17,000册
书号：10078-3393　定价：0.34元

1982 年 12 月 1 版 1 次
上海文艺出版社

目　录

卷一

附录

卷一

（一九三一年到一九三三年，北平）①

---

① 新文艺本、上海文艺社本此处为"（1931—1933）"。

预言 ①

这一个心跳的日子终于来临！②

呵，③ 你夜的叹息似的渐近的足音，④

我听得清不是林叶和夜风私语，

麋鹿驰过苔径的细碎的蹄声！⑤

告诉我，用你银铃的歌声告诉我，⑥

你是不是预言中的年青⑦的神？

你一定来自那⑧温郁的南方！⑨

告诉我那里的月色，那里的日光！⑩

告诉我春风是怎样吹开百花，

燕子是怎样痴恋着绿杨！⑪

---

① 此诗收入《汉园集》本及此后诸本。

② 《汉园集》本"！"作"。"。

③ 《汉园集》本、新文艺本、上海文艺社本、文集本此处无"呵，"。

④ 《汉园集》本、新文艺本、上海文艺社本、文集本此处无"，"。

⑤ 《汉园集》本"！"作"。"。

⑥ 《汉园集》本此处无"，"。

⑦ 《汉园集》本、新文艺本、上海文艺社本、文集本"年青"作"年轻"。

⑧ 《汉园集》本此处无"那"。

⑨ 《汉园集》本、新文艺本、上海文艺社本"！"作"，"；文集本无"！"。

⑩ 《汉园集》本、新文艺本、上海文艺社本、文集本此行作"告诉我那儿的月色，那儿的日光，"。

⑪ 《汉园集》本"！"作"，"；新文艺本、上海文艺社本、文集本"！"作"。"。

我将合眼睡在你如梦的歌声里，

那温暖① 我似乎记得，② 又似乎遗忘。

请停下你疲劳的奔波，③

进来，这里④ 有虎皮的褥你坐！⑤

让我烧起每一个⑥ 秋天拾来的落叶，

听我低低地⑦ 唱起我自己的歌！⑧

那歌声将火光一样⑨ 沉郁又高扬，

火光一样将我的一生⑩ 诉说。

不要前行！⑪ 前面是无边的森林：⑫

古老的树现着野兽身上的斑文⑬，

半生半死的藤蟒一样⑭ 交缠着，

---

① 《汉园集》本"温暖"作"温馨"。

② 《汉园集》本此处无"，"。

③ 《汉园集》本此行作"请停下，停下你长途的奔波，"；新文艺本、上海文艺社本、文集本此行作"请停下，停下你疲劳的奔波，"。

④ 《汉园集》本、新文艺本、上海文艺社本、文集本"这里"作"这儿"。

⑤ 《汉园集》本"！"作"，"。

⑥ 《汉园集》本"每一个"作"每一"。

⑦ 《汉园集》本"低低地"作"低低"。

⑧ 《汉园集》本"！"作"，"；新文艺本、上海文艺社本、文集本"！"作"。"。

⑨ 《汉园集》本"火光一样"作"火光样"。

⑩ 《汉园集》本"火光一样将我的一生"作"火光样将落叶的一生"。

⑪ 《汉园集》本"！"作"，"。

⑫ 《汉园集》本、新文艺本、文集本"："作"，"。

⑬ 文集本"斑文"作"斑纹"。

⑭ 《汉园集》本"藤蟒一样"作"藤蟒蛇样"。

密叶里漏不下一颗星星。①

你将怯怯地不敢放下第二步，

当你听见了第一步空寥的回声。

一定要走吗？请等我和你同行！②

我的脚步知道每一条熟悉的路径，③

我可以④不停地唱着忘倦的歌，

再给你，再给你手的温存！⑤

当夜的浓黑遮断了我们，

你可以⑥不转眼地望着我的眼睛！⑦

我激动的歌声你竟不听，

你的脚⑧竟不为我的颤抖暂停！⑨

像⑩静穆的微风飘过这黄昏里，

消失了，消失了你骄傲的足音！⑪

---

① 《汉园集》本"一颗星星。"作"一颗星，"。

② 《汉园集》本此行作"一定要走吗，等我和你同行，"。

③ 《汉园集》本此行作"我的足知道每条平安的路径，"；新文艺本、上海文艺社本、文集本此行作"我的脚知道每一条平安的路径，"。

④ 《汉园集》本"可以"作"将"。

⑤ 《汉园集》本"！"作"，"；新文艺、文集本"！"作"。"。

⑥ 《汉园集》本"可以"作"可"。

⑦ 《汉园集》本、新文艺、上海文艺社本、文集本"！"作"。"。

⑧ 《汉园集》本"脚"作"足"。

⑨ 《汉园集》本"！"作"，"。

⑩ 新文艺、上海文艺社本、文集本"像"作"象"。

⑪ 《汉园集》本"！"作"…"。

呵①，你终于如预言中②所说的无语而来，③

无语而去了吗，年青④的神？

一九三一年秋天。⑤

---

① 《汉园集》本"呵"作"啊"。

② 《汉园集》本"如预言中"作"如预言"。

③ 《汉园集》本此处无"，"。

④ 《汉园集》本、新文艺本、上海文艺社本、文集本"年青"作"年轻"。

⑤ 《汉园集》本此处作"一九三一年秋"；新文艺本、上海文艺社本、文集本作"1931年秋天，北平"。

季候病①

说我是害着病，我不回一声否②。③

说是一种刻骨的相思，恋中的征候。④

但是谁的一角轻扬的裙衣，⑤

我郁郁⑥的梦魂日夜萦系？

谁的流盼的黑睛像牧女的铃声⑦

呼唤着驯服的⑧羊群，我可怜的心？

不，我是梦着，忆着，⑨怀想着秋天！

九月的晴空是多么高，多么圆！⑩

---

① 此诗与《有忆》合题作《诗二首》载于《现代》1932年10月，第1卷第6期。初收入《汉园集·燕泥集》中，又收入此后诸本。其中，新文艺本、上海文艺社本、文集本中诗作改名为《秋天（一）》，顺序调整到《脚步》之后，为第一卷第三首。

②《现代》本"否"字前后有双引号。

③《现代》本、《汉园集》本"。"作"，"。

④《汉园集》本"。"作"，"；新文艺本、上海文艺社本、文集本"征候"作"症候"。

⑤《现代》本此行作"但是谁底一角轻扬的倩媚的裙衣，"；《汉园集》本行尾无"，"。

⑥《现代》本"郁郁"作"忧郁"。

⑦《现代》本此行作"谁底流盼的黑睛像一串牧女的铃声"；新文艺本、上海文艺社本、文集本此行作"谁的流盼的黑睛象牧人的笛声"。

⑧《现代》本"驯服的"作"地驯伏的"；《汉园集》本"驯服的"作"驯伏的"。

⑨《现代》本"不，我是梦着，忆着，"作"不！我是在忆着，梦着，"；《汉园集》本"不，我是梦着，忆着，"作"不，我在梦着，忆着，"；新文艺本、上海文艺社本、文集本"不，我是梦着，忆着，"作"不，我是忆着，梦着，"。

⑩《现代》本、《汉园集》本"！"作"，"。

我的^①灵魂将多么轻轻地举起，飞翔，

穿过白露的空气，如我叹息的目光！^②

南方的乔木都落下如掌的红叶，

一径马蹄踏破深山的寂默，

或者^③一湾小溪流着透明的忧愁^④，

有若渐渐地舒解，又若更深地^⑤绸缪……

过了春又到了夏，我在暗暗地憔悴，

迷漠地怀想着，不做声，也不流泪！^⑥

一九三二年。^⑦

---

①《现代》本"的"作"底"。

②《现代》本"！"作"。"。

③《汉园集》本"或者"作"或是"。

④《现代》本"忧愁"作"幽愁"。

⑤《现代》本"地"作"的"。

⑥《现代》本"！"作"。"；《汉园集》本无以上两行。

⑦《现代》本此处无署时；《汉园集》本、文集本此处署作"六月二十三日"；新文艺本、上海文艺社本此处署作"6 月 23 日"。

脚步 ①

你的② 脚步常低响在我的③ 记忆中，

在我深思的心上踏起甜蜜的凄动，

有如虚阁④ 悬琴，久失去了亲切的手指⑤，

黄昏风过，弦弦犹颤着昔日的声息，

又如白杨的落叶⑥ 飘在无言的荒郊，

片片互递的叹息⑦ 犹是⑧ 树上的萧萧。

呵⑨，那是江南的秋夜！

深秋正梦得酣熟，

而又清澈⑩，脆薄，如不胜你低抑之脚步！⑪

---

① 此诗原题作《有忆》，与《季候病》合题作《诗二首》载于《现代》1932 年 10 月，第 1 卷第 6 期。初收入《刻意集》本，又收入此后诸本。其中，新文艺本、上海文艺社本、文集本中，诗作顺序调整到《秋天（一）》之前，为第一卷第二首诗。

② 《现代》本"的"作"底"。

③ 《现代》本"我的"作"我清夜的"。

④ 《现代》本"虚阁"作"虚阁的"。

⑤ 《现代》本、《刻意集》本"手指"作"玉指"。

⑥ 《现代》本此处有"，"。

⑦ 《现代》本此处有"，"。

⑧ 《现代》本、《刻意集》本、新文艺本、上海文艺社本、文集本"犹是"作"犹似"。

⑨ 《现代》本"呵"作"啊"。

⑩ 《现代》本"清澈"作"清彻"。

⑪ 《现代》本"！"作"，"；《刻意集》本"！"作"。"。

你是怎样悄悄地 ① 扶上曲折的阑干 ②，

怎样轻捷地 ③ 跑来，楼上一灯守着夜寒，

④ 带着幼稚的欢欣给我一张稿纸 ⑤，

喊看你的 ⑥ 新词，

　　　　　那第一夜你知道我写诗！ ⑦

---

① 《现代》本"悄悄地"作"偷偷地"；《刻意集》本"悄悄地"作"偷偷的"。

② 《刻意集》本"阑干"作"栏干"。

③ 《刻意集》本"地"作"的"。

④ 《现代》本、《刻意集》本此处原有"怎样"。

⑤ 《刻意集》本"稿纸"作"素纸"。

⑥ 《现代》本"的"作"底"。

⑦ 《刻意集》本"！"作"。"。《刻意集》本、文集本此行后有署时"一九三二年五月一日"；新文艺本、上海文艺社本有署时"1932 年 5 月 1 日"。

慨叹 ①

我是丧失了多少清晨露珠的 ② 新鲜？
多少夜星空的静寂 ③ 滴下绿阴的树间？
春与夏的 ④ 笑语？花与叶的 ⑤ 欢欣？
二十年华 ⑥ 待唱出的青春的 ⑦ 歌声？

我饮着不幸的爱情给我的苦泪，
日夜等待熟悉 ⑧ 的梦来覆着 ⑨ 我睡，
不管外面的 ⑩ 呼唤草一样青青蔓延，
手指一样敲到我紧闭的门前。

---

① 此诗初刊于《社会日报·星期论坛》1933 年 3 月 5 日第 7 期；又载于《清华周刊》1933 年 4 月 19 日，第 39 卷第 5·6 期合辑。初收入《刻意集》本，又收入此后诸本。
② 《清华周刊》本"的"作"底"。
③ 《清华周刊》本"星空的静寂"作"星空底静谧"；《刻意集》本"星空的静寂"作"星空的静谧"。
④ 《清华周刊》本"的"作"底"。
⑤ 《清华周刊》本"花与叶的"作"花与叶底生的"。
⑥ 《清华周刊》本此处原有"满满"。
⑦ 《清华周刊》本"的"作"底"。
⑧ 《清华周刊》本、《刻意集》本"熟悉"作"熟习"。
⑨ 新文艺本"覆着"作"复着"。
⑩ 《刻意集》本此处无"的"。

如今我悼惜我① 丧失了的年华，

悼惜它② 如死在青条上的未开的花。③

爱情虽在痛苦里结了红色的果实，

我知道最易落掉，最难捡④ 拾。⑤

---

① 《清华周刊》本、《刻意集》本此处原有"手里"。

② 《刻意集》本、新文艺本、上海文艺社本、文集本此处有"，"。

③ 《清华周刊》本此行作"悼惜她，如死在青条上的未开的花——"。

④ 新文艺本、上海文艺社本、文集本"捡"作"拣"。

⑤ 《刻意集》本、文集本此行后有署时"六月二十五日"；新文艺本、上海文艺社本署时为"6月25日"。

欢乐①

告诉我，欢乐是什么颜色？②

像③白鸽的羽翅？鹦鹉的红嘴？④

欢乐是什么⑤声音？像⑥一声芦笛？⑦

还是从稷稷的⑧松声到潺潺的流水？

是不是可握住的，如温情的手？

可看见的，如亮着爱怜的眼光？

会不会使心灵⑨微微地⑩颤抖，

而且⑪静静地⑫流泪，如同悲伤？

---

① 此诗初刊于《社会日报·星期论坛》1933年3月5日第7期；又题作《问》，载于《清华周刊》1933年4月19日，第39卷第5、6期合辑。初收入《刻意集》本，又收入此后诸本。

② 《清华周刊》本"？"作"；"。

③ 新文艺本、上海文艺社本、文集本"像"作"象"。

④ 《清华周刊》本此行作"像白鸽底羽翅，燕子底红嘴？"；《刻意集》本此行作"像白鸽的羽翅，燕子的红嘴？"。

⑤ 《清华周刊》本"什么"作"甚么"。

⑥ 新文艺本、上海文艺社本、文集本"像"作"象"。

⑦ 《清华周刊》本、《刻意集》本"？"作","。

⑧ 新文艺本、上海文艺社本、文集本"稷稷的"作"簌簌的"。

⑨ 《清华周刊》本"心灵"作"心儿"。

⑩ 《刻意集》本"地"作"的"。

⑪ 《清华周刊》本、《刻意集》本、新文艺本、上海文艺社本、文集本"而且"作"或者"。

⑫ 《刻意集》本"地"作"的"。

欢乐是怎样来的？ ① 从什么 ② 地方？

萤火虫一样飞在朦胧的树阴 ③ ？

香气一样散自蔷薇的花瓣上？

它来时 ④ 脚上响不响着铃声？

对于欢乐， ⑤ 我的心是盲人的目， ⑥

但它是不是可爱的，如我的 ⑦ 忧郁？ ⑧

---

① 《清华周刊》本、《刻意集》本 "？" 作 "，"。

② 《清华周刊》本 "什么" 作 "甚么"。

③ 文集本 "树阴" 作 "树荫"。

④ 《清华周刊》本、《刻意集》本此处原有 "，"。

⑤ 新文艺本、上海文艺社本、文集本此处无 "，"。

⑥ 《清华周刊》本 "我的心是盲人的目，" 作 "我底心是盲然，胡涂，"。

⑦ 《清华周刊》本 "的" 作 "底"。

⑧ 《刻意集》本、文集本此行后有署时 "六月二十七日"；新文艺本、上海文艺社本署时为 "6 月 27 日"。

雨天 ①

北方的气候也变成南方的了：②
今年是多雨③的夏季。
这如同我心里的气候的变化：④
没有温暖，没有明霁。

是谁第一次窥见我寂寞的泪，
用温存的手为我拭去？
是谁窃去了⑤我十九岁的骄傲的心，
而又毫无顾念地遗弃？

呵，我曾用泪染湿过你的手的人，⑥

---

① 此诗初刊于《社会日报·星期论坛》1933 年 3 月 12 日第 8 期；又题作《雨天的相思》，载于《西湖文苑》1933 年第 1 卷第 3 期。后收入《刻意集》本，又收入此后诸本。
② 《西湖文苑》本、《刻意集》本"："作","。
③ 《西湖文苑》本、《刻意集》本"多雨"作"多雨水"。
④ 《西湖文苑》本此行作"这可解释我心里的气候底变化："；《刻意集》本此行作"这可解释我心里的气候的变化："。新文艺本、上海文艺社本、文集本"："作","。
⑤ 《西湖文苑》本、《刻意集》本此处没有"了"。
⑥ 《西湖文苑》本此行作"啊，我曾用吻在你唇上祝福的人，"。

爱情原如树叶① 一样，②

在人忽视里绿了，在忍耐里露出蓓蕾，

在被忘记里红色的花瓣③ 开放。

红色的花瓣上颤抖着过，④ 成熟的香气，⑤

这是我日与夜的相思，⑥

而且飘散在这多雨水的夏季⑦ 里，

过分地缠绵，更加一点润湿。⑧

---

① 《刻意集》本"树叶"作"花木"。
② 《刻意集》本此处无","。
③ 《西湖文苑》本此处原有"向你"。
④ 《刻意集》本、新文艺本、上海文艺社本、文集本此处无","。
⑤ 《西湖文苑》本此行作"红色的花瓣战抖着成熟的香气，"；《刻意集》本此处无","。
⑥ 《刻意集》本此行作"是我日与夜的相思，"。
⑦ 《西湖文苑》本、《刻意集》本"夏季"作"夏天"。
⑧ 《刻意集》本此行作"过分的缠绵,过分的润湿"。《刻意集》本、文集本此行后有署时"八月十八日"；新文艺本、上海文艺社本署时为"8月18日"。

罗衫①

我是曾装饰② 过你一夏季的罗衫，

如今柔柔地折叠着③，和着幽怨。④

襟上留着你嬉游时双桨打起的荷香，

袖间是你欢乐时的眼泪，慵困时的口脂，⑤

还有一枝月下锦葵花的影子⑥

是在你合眼时偷偷映到胸前的。

眉眉⑦，当秋天暖暖的阳光照进你房里，

你不打开衣箱，⑧ 检点你昔日的衣裳吗？

我想再听你的⑨ 声音。⑩ 再向我说⑪

---

① 此诗原题作《幽怨》，与《希冀》合题作《诗二首》载于《西湖文苑》1933年第1卷第1期。初收入《汉园集·燕泥集》，题作《罗衫怨》，后改作《罗衫》，收入文化生活本及此后诸本。

② 《汉园集》本"我是曾装饰"作"我是妆饰"。

③ 《西湖文苑》本"折叠着"作"叠折着"。

④ 《汉园集》本"。"作"，"。

⑤ 《汉园集》本此行作"袖间是你欢乐的泪，慵困的口脂，"。

⑥ 《西湖文苑》本此行作"还有，还有一枝月下锦葵花底影子，"。

⑦ 《西湖文苑》本"眉眉"作"薇薇"。

⑧ 《汉园集》本此处无"，"。

⑨ 《西湖文苑》本"的"作"底"。

⑩ 《西湖文苑》本、《汉园集》本"。"作"，"。

⑪ 《西湖文苑》本此处有"，"；新文艺本、上海文艺社本、文集本此处有"："。

"日子又快要渐渐地暖和。①"

我将忘记快来的是冰与雪的冬天②，

永远不信你甜蜜的声音是欺骗。③

---

① 《汉园集》本"。"作","。
② 《西湖文苑》本"冬天"作"冰天"。
③ 《汉园集》本、文集本诗尾有落款"九月十五日"；新文艺本、上海文艺社本落款为"9月15日"。

秋天①

震落了清晨满披着的露珠，
伐木声丁丁地飘出幽谷②。
放下饱食过稻香的镰刀，
用背篓来装竹篱间肥硕的瓜果。
秋天栖息在农家里。

向江面的冷雾撒下圆圆的网，
收起青鳊鱼似的乌桕叶的影子。③
芦篷上满载着白霜，
轻轻摇着归泊的小桨。
秋天游戏在渔船上。

草野在蟋蟀声中更寥阔了。④

———————

① 此诗初收入《汉园集·燕泥集》，又收入初版本及以后诸本。其中，新文艺本、上海文艺社本、文集本题目改作《秋天（二）》。
② 《汉园集》本"幽谷"作"冷的深谷"。
③ 《汉园集》本此行作"收起青鳊鱼似的枫叶的影。"
④ 《汉园集》本"。"作"，"。

溪水因枯涸见石更清洌① 了。②

牛背上的笛声何处去了，

那满流着夏夜的香与热的笛孔？

秋天梦寐在牧羊女的眼里。③

---

① 上海文艺社本"清洌"作"清冽"。

②《汉园集》本"。"作","。

③《汉园集》本、文集本诗尾有落款"九月十九日晨"；新文艺本、上海文艺社本落款为"9月19日晨"。

花环①

放在一个小坟上②

开落在幽谷里的花最香。③
无人记忆的朝露最有光。④
我说你是幸福的，小玲玲⑤，
没有照过影子的小溪最清亮。

你梦过绿藤缘进你窗里，
金色的小花坠落到发上⑥。⑦
你为檐雨说出的故事感动，
你爱寂寞，寂寞的星光。

---

① 此诗初刊于《民报》1934 年 4 月 20 日，后收入《汉园集·燕泥集》，又收入初版本及此后诸本。

② 《民报》本"放在一个小坟上"作"（拿去放在一个小墓上）"；《汉园集》本"放在一个小坟上"作"放在一个小墓上"。

③ 《民报》本、《汉园集》本"。"作"，"。

④ 《民报》本、《汉园集》本"。"作"，"。

⑤ 《汉园集》本"小玲玲"作"小铃铃"。

⑥ 《民报》本、《汉园集》本、新文艺本、上海文艺社本、文集本"发上"作"你发上"。

⑦ 《民报》本"。"作"；"；《汉园集》本"。"作"，"。

你有珍珠似的少女的泪，

常流着没有名字的悲伤。①

你有美丽得使你忧愁②的日子，

你有更美丽的夭亡。③

---

① 《民报》本"。"作"；"；《汉园集》本"。"作"，"。

② 《汉园集》本"忧愁"作"爱愁"。

③ 《汉园集》本、文集本诗尾有落款"九月十九日夜"；新文艺本、上海文艺社本落款为"9月19日夜"。

爱情 ①

晨光在带露的石榴花上开放。②

正午的日影是迟迟的脚步

在垂杨和 ③ 菩提树间游戏。④

当南风无力地

从睡莲的湖水把夜吹来，

原野更流溢着郁热的香气，⑤

因为常春藤遍地牵延着，⑥

而菟丝子从草根缠上 ⑦ 树尖。

南方的爱情是沉沉地睡着 ⑧ 的，

它 ⑨ 醒来的扑翅声也催人入睡。

---

① 原题作《爱情篇》，载于《绿洲》1936年第1卷第3期，后收入《刻意集》本，又收入初版本及此后诸本。

② 《绿洲》本、《刻意集》本"。"作"；"。

③ 《绿洲》本、《刻意集》本"和"作"与"。

④ 《绿洲》本、《刻意集》本"。"作"；"。

⑤ 《绿洲》本、《刻意集》本以上三行作"当南风从睡莲的湖水把夜吹来，/ 原野上更流溢着 / 八角茴与夜来香的气味："；新文艺本、上海文艺社本、文集本以上三行作"当南风从睡莲的湖水 / 把夜吹来，原野上 / 更流溢着郁热的香气，"。

⑥ 《绿洲》本、《刻意集》本"牵延着，"作"牵蔓着"。

⑦ 《绿洲》本、《刻意集》本"缠上"作"缘上"。

⑧ 《绿洲》本、《刻意集》本"睡着"作"梦着"。

⑨ 《绿洲》本、《刻意集》本此处无"它"。

霜隼在无云的秋空掠过。①

猎骑驰骋在荒郊。②

夕阳从古代的城阙落下。③

风与月色抚摩着摇落的树。④

或者⑤凝着忍耐的驼铃声

留滞在长长的乏水草的道路上⑥，

一粒大的白色的殒星⑦

如一滴冷泪流向辽远的夜。⑧

北方的爱情是⑨警醒着的，

而且⑩有轻趫的残忍的脚步。

爱情是很老很老了，但不厌倦，

而且⑪会作婴孩脸涡里的微笑。

---

① 《绿洲》本、《刻意集》本"。"作"，"。

② 《绿洲》本、《刻意集》本"在荒郊。"作"在远郊；"。

③ 《绿洲》本、《刻意集》本"落下。"作"坠下，"。

④ 《绿洲》本、《刻意集》本"。"作"；"。

⑤ 《绿洲》本、《刻意集》本"或者"作"或是"。

⑥ 《绿洲》本、《刻意集》本"道路上"作"道上"。

⑦ 上海文艺社本"殒星"作"陨星"。

⑧ 《绿洲》本、《刻意集》本以上二行作"一朵白色的殒星如一声叹息／或一滴冷泪流向辽远的夜。"。

⑨ 《绿洲》本、《刻意集》本"是"作"常是"。

⑩ 《绿洲》本、《刻意集》本"而且"作"且"。

⑪ 《绿洲》本、《刻意集》本"而且"作"且"。

它是传说里的^① 王子的金冠。^②

它是田野间的少女^③ 的蓝布衫。

你呵，你有了爱情

而你又为它的寒冷哭泣！^④

烧起落叶与断枝^⑤ 的火来，

让我们坐在火光^⑥ 里，爆炸声里，

让树林惊醒了而且微颤地^⑦

来窃听我们静静地^⑧ 谈说爱情。^⑨

---

① 《绿洲》本、《刻意集》本此处无"的"。

② 《绿洲》本"。"作"，"。

③ 《绿洲》本、《刻意集》本"田野间的少女"作"田间少女"。

④ 《绿洲》本此行作"又为它的寒冷哭泣。"；《刻意集》本此行作"而又为它的寒冷哭泣。"

⑤ 《刻意集》本"断枝"作"枯枝"。

⑥ 《绿洲》本、《刻意集》本"火光"作"红光"。

⑦ 《刻意集》本"地"作"的"。

⑧ 《刻意集》本"地"作"的"。

⑨ 《绿洲》本诗尾有落款"一九三二年九月二十三日晨。"；《刻意集》本、文集本作"九月二十三日"；新文艺本、上海文艺社本作"9月23日"。

祝福 ①

青色的夜流荡在花阴 ② 如一张琴。

香气是它飘散出的歌吟。

我的怀念正飞着，

一双红色的小翅又轻又薄，

但不被网于花香。③

新月如半圈金环。那幽光

已够照亮路途。

飞到你的梦的边缘，它停仁，

守望你眉影低垂，浅笑浮上嘴唇，

而又微动着，如嗔我的吻的贪心。④

---

① 原题作《长相思》，载于《文艺月刊》1933 年第 3 卷第 7 期。初收入《刻意集》本，又收入初版本及此后诸本。

② 文集本"花阴"作"花荫"。

③《文艺月刊》本以上五行作"青色的夜流荡在花阴 / 如一张琴，蜂蜜似的盈盈的芳芬 / 是它飘散出的歌吟，我底相思 / 正飞着，一双红色的小翅 / 又轻又薄，但不被网于花香。"；《刻意集》本以上五行作"青色的夜流荡在花阴 / 如一张琴，盈盈的芳芬 / 是飘散出的歌吟。我的相思 / 正飞着，一双红色的小翅 / 又轻又薄，但不被网于花香。"。

④《文艺月刊》本以上五行作七行："新月如半圈金环，那幽光，/ 已够照亮路途。飞到你梦底边缘 / 如一朵颤颤夜合花它轻敛 / 怯懦的翅，亭亭地竚立，守望 / 你眉影底垂，浅笑开上 / 嘴唇，如在梦里得着我温存的吻，/ 而且微动着，如嗔我底嘴底贪心。"《刻意集》本以上五行作七行："新月如半圈金环。幽光 / 已够照亮路途。飞到你梦的边缘 / 如一朵颤动的夜合花轻敛 / 怯懦的翅，仁立，守望 / 你眉影低垂，浅笑开上 / 嘴唇，如在梦里得着我温存的吻，/ 又微动着，如嗔我的贪心。"。

当虹色的梦在你黎明的眼里轻碎，

化作亮亮的泪，

它就负着沉重的疲劳和满意

飞回我的心里。

我的心张开明眸，

给你每日的第一次祝福。①

---

①《文艺月刊》本以上六行作"当虹色的梦在你黎明的眼里轻碎，/化作亮亮的珠泪，悄坠/在它翅上，闪出银露底光辉，/它就负着沉重的疲劳，飞/回到我期待的心：它张开明眸/给你每日的第一次祝福。"；《刻意集》本以上六行作"当虹色的梦在你黎明的眼里轻碎，/化作亮亮的珠泪，悄坠/到它翅上，闪出银露的光辉，/它就负着疲劳，飞回/我期待的心：张开明眸/给你每日的第一次祝福。"。《刻意集》本、文集本诗尾有落款"十一月二日"；新文艺本、上海文艺社本落款为"11月2日"。

月下①

今宵准有银色的梦了，

如白鸽展开② 沐浴的双翅，

如素莲从水影里坠下的花瓣，③

如从琉璃似的梧桐叶

流到积霜的瓦上的秋声。④

但眉眉，你那里也有这银色的月波吗？⑤

即有，怕也结成⑥ 玲珑的冷⑦ 了。

梦纵如一只顺风⑧ 的船，

能驶到冻结的夜里去吗？⑨

---

① 此诗原题作《关山月》，载于《盛京时报》1934 年 1 月 1 日。初收入《汉园集·燕泥集》，后又收入初版本及此后诸本。

② 《盛京时报》本、《汉园集》本"展开"作"展开着"。

③ 《盛京时报》本此行作"如素莲在水影里坠下的花片"；《汉园集》本此行作"如素莲在水影里坠下的花片，"。

④ 《盛京时报》本以上二行作"如从琉璃似的梧桐叶□到／积霜似的鸳瓦上的秋声。"；《汉园集》本以上二行作"如从琉璃似的梧桐叶流到／积霜似的鸳瓦上的秋声。"。

⑤ 《盛京时报》本此行作"但渔阳也有这银色的月波吗"；《汉园集》本此行作"但渔阳也有这银色的月波吗？"。

⑥ 《盛京时报》本、《汉园集》本"结成"作"凝成"。

⑦ 《盛京时报》本、《汉园集》本、新文艺本、上海文艺社本、文集本"冷"作"冰"。

⑧ 《盛京时报》本"顺风"作"满帆□□"；《汉园集》本"顺风"作"满帆顺风"。

⑨ 《汉园集》本、文集本诗尾有落款"十月十一日"；新文艺本、上海文艺社本落款为"10 月 11 日"。

休洗红 ①

寂寞的砧声散满寒塘，

澄清的古波如被捣而轻颤。

我慵慵的手臂欲垂下了。②

能从这③金碧里拾起什么④呢？

春的踪迹，欢笑的影子，⑤

在罗衣的⑥退色⑦里无声偷逝。

频浣洗于日光与风雨，⑧

粉红的梦不一样浅退⑨吗？

我杵我石，冷的秋光来了。⑩

---

① 此诗载于《文艺月刊》1933 年第 3 卷第 7 期。初收入《汉园集·燕泥集》，又收入初版本及此后诸本。

② 《文艺月刊》本"。"作"："；《汉园集》本作"，"。

③ 《汉园集》本此处无"这"。

④ 《文艺月刊》本、《汉园集》本"什么"作"甚么"。

⑤ 《文艺月刊》本此行作"春底踪迹，欢笑底倩影"；《汉园集》本"欢笑的影子，"作"欢笑的影"。

⑥ 《文艺月刊》本"的"作"底"。

⑦ 《文艺月刊》本、《汉园集》本、新文艺本、上海文艺社本、文集本"退色"作"变色"。

⑧ 《文艺月刊》本"，"作"："。

⑨ 《文艺月刊》本、新文艺本、上海文艺社本、文集本"浅退"作"浅褪"。

⑩ 《汉园集》本"。"作"，"。

它的 ① 足濯在冰样的水里，

而又践履着板桥上的白霜。②

我的 ③ 影子照得打寒噤了。④

---

① 《文艺月刊》本"的"作"底"。

② 《文艺月刊》本、《汉园集》本"。"作"："。

③ 《文艺月刊》本"的"作"底"。

④ 《文艺月刊》本此诗不分段。《汉园集》本、文集本诗尾落款为"十月二十六日"；新文艺本、上海文艺社本落款为"10 月 26 日"。

夏夜①

在六月槐花的② 微风里新沐过了，

你的③ 鬓发流滴着凉滑的幽芬。

圆圆的绿阴④ 作我们的⑤ 天空，

你美目里有明星的微笑。⑥

藕花悄睡⑦ 在翠叶的⑧ 梦间，

它淡香⑨ 的呼吸如流萤的⑩ 金翅

飞在湖畔，飞在迷离的草际，

扑到你裙衣轻覆⑪ 着的膝头。

---

① 此诗原题作《无题》，载于《文艺月刊》1933 年第 3 卷第 7 期。初收入《汉园集·燕泥集》，又收入初版本及此后诸本。

② 《文艺月刊》本"的"作"底"。

③ 《文艺月刊》本"的"作"底"。

④ 文集本"绿阴"作"绿荫"。

⑤ 《文艺月刊》本"的"作"底"。

⑥ 《文艺月刊》本此行作"你美日里偷来了明星底微笑。"

⑦ 《文艺月刊》本此处无"睡"。

⑧ 《文艺月刊》本"的"作"底"。

⑨ 《文艺月刊》本、《汉园集》本"淡香"作"澹香"。

⑩ 《文艺月刊》本"的"作"底"。

⑪ 新文艺本"轻覆"作"轻复"。

你柔柔的手臂如繁实的葡萄藤

围上我的颈，和着红熟的甜的私语。①

你说你听见了我胸间的颤跳，②

如树根在热的夏夜里震动泥土？

是的，一株新的奇树生长③在我心里了，

且快在我的④唇上开出红色的花。⑤

---

① 《汉园集》本"。"作"，"。

② 《汉园集》本此处无"，"。

③ 《汉园集》本"生长"作"长"。

④ 《汉园集》本"我的"作"我"。

⑤ 《文艺月刊》本此行作"而且快在我唇上开出红色的花。"；本全诗不分段。《汉园集》本、文集
本诗尾有落款"十一月一日"；新文艺本、上海文艺社本落款为"11 月 1 日"。

赠人 ①

你青春的声音使我悲哀。

我忌妒它如流水声睡在绿草里，

如群星坠落到秋天的湖滨，

更忌妒它产生从你圆滑的嘴唇。

你这颗有成熟的香味的红色果实

不知将被啮于谁的幸福的嘴。②

对于梦里的一枝花，③

或者④一角衣裳的爱恋是无希望的。

无希望的爱恋是温柔的。

我害着更温柔的怀念病，

---

① 此诗原题作《古意》，载于《新时代》1933 年第 4 卷第 1 期。初收入《刻意集》本，又收入初版本及此后诸本。

② 《新时代》本以上六行原作八行："你青春的声音使我悲哀。/ 我忌妒它如欢乐的流水声 / 睡在浅浅的绿草里，/ 如群星底银声纷落到 / 梦着秋天的湖心，更忌妒它 / 产生从你圆滑的嘴唇：/ 这颗有成熟的香味的红色果实 / 不知将被摘于那只幸福的手。"；《刻意集》本以上六行作八行："你青春的声音使我悲哀。/ 我忌妒它如欢乐的流水声 / 睡在浅浅的绿草里，/ 如群星的银声纷落到 / 梦着秋天的湖心，更忌妒它 / 产生从你圆滑的嘴唇：/ 这颗有成熟的香味的红色果实 / 不知将被摘于哪只幸福的手。"；新文艺本、上海文艺社本、文集本以上六行改作"你青春的声音使我悲哀。/ 我忌妒它如欢乐的流水声 / 睡在浅浅的绿草里，/ 如群星的银声坠落到 / 梦着秋天的湖心，/ 更忌妒它产生从你圆滑的嘴唇。"

③ 《新时代》本、《刻意集》本、新文艺本、上海文艺社本、文集本此处无"，"。

④ 《新时代》本、《刻意集》本"或者"作"或"。

自从你遗下明珠似的声音，①

触惊到我忧郁的思想。②

---

① 《新时代》本此行作"自从你遗坠下你明珠似的声音，"；《刻意集》本此行作"自从你遗坠下明珠似的声音"。

② 《刻意集》本、文集本诗尾有落款"十一月二十二日"；新文艺本、上海文艺社本落款为"11月22日"。

再赠 ①

你裸露的双臂引起我

想念你家乡的海水，②

那曾浴过 ③ 你浅油黑的肤色，

和你更黑的发，更黑的眼珠。

你如花一样无顾忌地开着，

南方的少女，我替你 ④ 忧愁。

忧愁着你的 ⑤ 骄矜，你的 ⑥ 青春，

且替你度着迁谪的岁月。

蹁跹在这寒冷的地带，

你 ⑦ 不知忧愁的燕子，⑧

---

① 此诗初载于《西湖文苑》1933 年第 1 卷第 2 期，后收入初版本及此后诸本。

② 《西湖文苑》本此行作"艳慕你家乡底日光与海水，"。

③ 《西湖文苑》本"浴过"作"浴染过"。

④ 《西湖文苑》本"替你"作"为你"。

⑤ 《西湖文苑》本"的"作"底"。

⑥ 《西湖文苑》本"的"作"底"。

⑦ 新文艺本、上海文艺社本、文集本"你"作"你这"。

⑧ 《西湖文苑》本此行作"你忘了对于海的乡思的燕子，"。

你愿意飞入我的梦里吗，^①

我梦里也是一片黄色的尘土？^②

①《西湖文苑》本此行作"甚至飞入我荒凉的梦里，"。
②《西湖文苑》本此行作"不顾梦里黄色的尘土。"。

圆月夜 ①

圆月散下银色的平静，②

浸着青草的 ③ 根 ④ 如寒冷的水。

睡莲从梦 ⑤ 里展开它 ⑥ 处女的心，

羞涩的花瓣尖如被吻而红了。

夏夜的花蚊是不寐的，

它的双翅 ⑦ 如黏满 ⑧ 花蜜的黄蜂的足，⑨

窃带我们的 ⑩ 私语去告诉 ⑪ 芦苇。

说呵，是什么哀怨，什么寒冷摇撼，⑫

---

① 此诗原题作《夏夜》，载于《文艺月刊》1933 年第 3 卷第 12 期。后收入《刻意集》本，又收入初版本及此后诸本。

② 《文艺月刊》本、《刻意集》本此处无"，"。

③ 《文艺月刊》本"的"作"底"。

④ 《刻意集》本此处无"根"。

⑤ 《文艺月刊》本、《刻意集》本"梦"作"梦寐"。

⑥ 《文艺月刊》本、《刻意集》本"它"作"她"。

⑦ 《刻意集》本"双翅"作"翅"。

⑧ 新文艺本、上海文艺社本、文集本"黏满"作"粘满"。

⑨ 《文艺月刊》本此行作"它底翅如黏满花蜜的黄蜂底足，"。

⑩ 《文艺月刊》本"的"作"底"。

⑪ 《文艺月刊》本、《刻意集》本、新文艺本、上海文艺社本、文集本此处有"茸茸的"。

⑫ 《文艺月刊》本此行作"说啊，是甚么哀怨，甚么寒冷摇撼"；《刻意集》本此行作"说呵，是什么哀怨什么寒冷摇撼"。新文艺本、上海文艺社本、文集本此处无"，"。

你的^① 心，如林叶颤抖于月光的^② 摩抚，

摇坠了你眼里纯洁的珍珠，悲伤的露？

"是的，我哭了，因为今夜这样美丽！"^③

你的^④ 声音柔美如天使雪白之手臂，

触着每秒光阴都成了黄金。^⑤

你以为我是一个残忍的爱人^⑥ 吗？^⑦

若我的^⑧ 胸怀如蓝色海波一样^⑨ 柔媚，

枕你有海藻气息的头^⑩ 于我的心脉上。^⑪

它的^⑫ 颤跳如鱼嘴里吐出^⑬ 的珠沫，

一串^⑭ 银圈作眠歌之回旋。

迷人的梦已栖止在你的眉尖。^⑮

---

① 《文艺月刊》本"的"作"底"。

② 《文艺月刊》本"的"作"底"。

③ 《文艺月刊》本此行作"——是的,我哭了,因为今夜这样美丽,";《刻意集》本此行作"——是的,
我哭了,因为今夜这样美丽!"。

④ 《文艺月刊》本"的"作"底"。

⑤ 《文艺月刊》本、《刻意集》本"。"作"："。

⑥ 《文艺月刊》本"爱人"作"恋人"。

⑦ 《刻意集》本以上二段十四行为一段。

⑧ 《文艺月刊》本"的"作"底"。

⑨ 《文艺月刊》本、《刻意集》本"一样"作"之"。

⑩ 《文艺月刊》本、《刻意集》本"头"作"头儿"。

⑪ 《文艺月刊》本、《刻意集》本"我的心脉上。"作"我心脉上："。

⑫ 《文艺月刊》本"的"作"底"。

⑬ 《文艺月刊》本、《刻意集》本"吐出"作"吐进出"。

⑭ 《文艺月刊》本、《刻意集》本"一串"作"一串环连的"。

⑮ 《文艺月刊》本此行作"迷蒙的梦已栖止在你眉尖,";《刻意集》本此行作"迷朦的梦已栖止在
你眉尖,"。

你的 ① 眼如含苞未放的 ② 并蒂二月兰。③

蕴藏着 ④ 神秘的夜之香麝 ⑤。

你听见金色 ⑥ 的星殒在 ⑦ 林间吗？

是黄熟的槐花离开了 ⑧ 解放的 ⑨ 枝头。

你感到一片绿阴 ⑩ 压上你的发际吗？ ⑪

是从密叶间滑下的微风 ⑫。

玲珑的阑干的 ⑬ 影子已 ⑭ 移到我们脚边了。⑮

你沉默的朱唇期待的是什么 ⑯ 回答？ ⑰

是无声的落花一样的吻？ ⑱

---

① 《文艺月刊》本"的"作"底"。

② 《文艺月刊》本、《刻意集》本"含苞未放的"作"未吐放的"。

③ 《文艺月刊》本、《刻意集》本、新文艺本、上海文艺社本、文集本"。"作"，"。

④ 《文艺月刊》本、《刻意集》本"蕴藏着"作"苞含着"。

⑤ 《文艺月刊》本、《刻意集》本"香麝"作"馨麝"。

⑥ 《文艺月刊》本、《刻意集》本"金色"作"一颗金色"。

⑦ 《文艺月刊》本、《刻意集》本"殒在"作"殒下"。

⑧ 《文艺月刊》本、《刻意集》本此处无"了"。

⑨ 新文艺本、上海文艺社本、文集本此处无"解放的"。

⑩ 文集本"绿阴"作"绿荫"。

⑪ 《文艺月刊》本此行作"你听见一枝绿阴压上你底发际吗？"；《刻意集》本此行作"你听见一片绿阴压上你的发际吗？"。

⑫ 《文艺月刊》本"微风"作"半片微飔"；《刻意集》本"微风"作"微飔"。

⑬ 《文艺月刊》本"的"作"底"。

⑭ 《文艺月刊》本此处无"已"。

⑮ 《文艺月刊》本、《刻意集》本"。"作"，"。

⑯ 《文艺月刊》本"什么"作"甚么"。

⑰ 《文艺月刊》本、《刻意集》本"？"作"，"。

⑱ 《刻意集》本、文集本诗尾有落款"一九三三年春天"；新文艺本、上海文艺社本落款为"1933年春天"。

卷二

（一九三三年到一九三五年，北平）①

柏林 ①

日光在蓖麻树上的 ② 大叶上。

七里蜂巢栖在土地祠里。③

我这与影竞走者

逐 ④ 巨大的圆环归来，

始知时间静止。

但青草上

何处是追逐蟋蟀的鸣声的短手膀？

何处是我孩提时游伴的欢呼

直升上树梢的蓝天？

这巨大的童年的王国 ⑤

在我带异乡尘土的脚下

---

① 此诗载于《每周文艺》1933 年第 1 期。初收入《汉园集·燕泥集》，后又收入初版本及此后诸本。其中《每周文艺》本全诗无标点符号，后不一一标注。

② 《每周文艺》本"蓖麻树上的"作"蓖麻树底"；《汉园集》本"蓖麻树上的"作"蓖麻树的"。

③ 《刻意集》本"。"作"，"。

④ 《每周文艺》本"逐"作"循"。

⑤ 新文艺本、上海文艺社本、文集本此行作"这童年的阔大的王国"。

可悲泣地小。①

沙漠中行人以杯水为珍。②
弄舟者愁怨③桨外的白浪。
我昔自以为有一片乐土，
藏之记忆里最幽暗的角隅。④
从此始感到成人的寂寞，
更喜欢梦中道路的⑤迷离。⑥

---

① 《每周文艺》本以上一段七行作"青草上何处是 / 追逐蟋蟀鸣声的短手膀 / 何处是孩提时伴侣底欢呼声 / 直升到树梢上的蓝天 / 这童年底阔大的王国 / 在我带异地尘土的足下 / 是可悲泣的小"；《汉园集》本以上一段七行作"但青草上何处是 / 追逐蟋蟀鸣声的短手膀？ / 何处是孩提之伴的欢呼声 / 直升上树梢的蓝天？ / 这童年的阔大的王国 / 在我带异乡尘土的足下 / 可悲泣的小。"。

② 《汉园集》本"。"作"，"。

③ 《每周文艺》本、《汉园集》本"愁怨"作"愁怨着"。

④ 《汉园集》本"最幽暗的角隅。"作"最幽晦的角隅，"。

⑤ 《每周文艺》本"的"作"底"。

⑥ 新文艺本、上海文艺社本诗尾有落款"1933年秋天"；文集本落款为"一九三三年秋天"。

岁暮怀人（一）①

驴子的鸣声吐出

又和泪吞下喉颈，

如破旧的木门的鸣泣②，

在我的窗子下。

我说：

温善的小牲口，③

你在何处，④ 丢失了你的睡眠？⑤

饮鸩自尽者掷空杯于地：⑥

起初一声尖锐的快意划在心上，⑦

其次哭泣着自己的残忍；⑧

随温柔的泪既尽，⑨

---

① 此诗初收入《汉园集·燕泥集》，后又收入初版本及此后诸本。
② 新文艺本、上海文艺社本、文集本"鸣泣"作"呜泣"。
③ 新文艺本、上海文艺社本、文集本以上二行合为一行作"我说，温善的小牲口，"。
④ 新文艺本、上海文艺社本、文集本此处无"，"。
⑤《汉园集》本以上一段七行作六行："驴子的鸣声 / 吐出，又和泪吞下喉颈，/ 若破敝的木门的鸣泣 / 在我的窗子下，/ 我说，温善的小牲口，/ 你在何处丢失了你的睡眠？"。
⑥ 新文艺本、上海文艺社本、文集本"："作"，"。
⑦ 新文艺本、上海文艺社本、文集本此行作"一声尖锐的快意划在心上；"。
⑧《汉园集》本"；"作"，"。
⑨《汉园集》本此处无"，"。

最后是平静的安息吧。[1]

在画地自狱里我[2] 感到痛苦，

但丢失的东西太多，

惦念的痴心也减少了。

我曾在地图上，[3]

寻找你居住的僻小的县邑，

猜想那是[4] 青石的街道，

低的土墙瓦屋，

一圈古城堞尚未拆毁[5]，

你仍以宏大的声音

与人恣意谈笑，

但不停地挥着斧[6]

雕琢自己的理想……[7]

衰老的阳光渐渐冷了，

北方的夜遂更阴暗，更长。[8]

---

① 《汉园集》本此行作"最后是超脱的安寂吧。"。

② 《汉园集》本"我"作"我仍"。

③ 《汉园集》本"此行作我曾经在地图上"。

④ 《汉园集》本"那是"作"是"。

⑤ 《汉园集》本"拆毁"作"撤毁"。

⑥ 《汉园集》本此行作"但沉默地不休止地挥着斧"。

⑦ 《汉园集》本"……"作"。"。

⑧ 《汉园集》本、文集本诗尾有落款"十二月三日"；新文艺本、上海文艺社本落款为"12月3日"。

岁暮怀人（二）①

当枯黄的松果落下，

低飞的鸟翅作声，

你停止了林子里的独步，②

当水冷鱼隐，

塘中飘着你寂寞的钩丝，③

当冬天④的白雾封了你的窗子，⑤

长久隐遁在病里，

还挂念你北方的旧居吗？⑥

在墙壁的阴影里，

在屋角的旧藤椅里，⑦

曾藏蔽过我多少烦忧！⑧

---

① 此诗初收入《汉园集·燕泥集》，后又收入初版本及此后诸本。
② 《汉园集》本、新文艺本、上海文艺社本、文集本","作";"。
③ 《汉园集》本、新文艺本、上海文艺社本、文集本","作";"。
④ 《汉园集》本"冬天"作"冬季"。
⑤ 《汉园集》本","作";"；新文艺本、上海文艺社本、文集本","作"——"。
⑥ 《汉园集》本以上二行独立成段。
⑦ 《汉园集》本以上二行作"在屋角的旧藤椅里，/在墙壁的阴影里，"。
⑧ 《汉园集》本"多少烦忧！"作"许多烦忧："。

那时我常有烦忧，

你常有温和的沉默，

破旧的冷布间，①

常有壁虎抽动着灰色的腿。

外面是院子。②

啄木鸟的声音枯寂地颤栗地，③

从槐树的枝叶④间漏下，漏下，

你问我喜欢那声音不——⑤

若是现在，我一定说喜欢了。

西风里换了毛的骆驼群，⑥

举起足⑦

又轻轻踏下，

街上已有一层薄霜。⑧

---

①《汉园集》本此行作"窗子上旧敝的冷布间"；新文艺本、上海文艺社本、文集本此行作"窗子上破旧的冷布间"。

②《汉园集》本"。"作","。

③《汉园集》本、新文艺本、上海文艺社本、文集本此处无","。

④《汉园集》本"枝叶"作"细叶"。

⑤《汉园集》本"——"作","。

⑥《汉园集》本、新文艺本、上海文艺社本、文集本此处无","。

⑦《汉园集》本"举起足"作"举起四蹄的沉重"。

⑧《汉园集》本、文集本诗尾有落款"十二月七日"；新文艺本、上海文艺社本落款为"12月7日"。

梦后①

生怯的手

放一束黄花在我的案上。②

那是最易凋谢③的花了。④

金色的足印散在地上，

生怯的爱情来访

又去了。

昨夜竹叶满窗，

寒风中携手⑤同归，⑥

谈笑于家人之前，⑦

炉火照红了你的羞涩⑧

（你幸福的羞涩照亮了

---

① 此诗原题作《梦》，初收入《刻意集》中，后又收入初版本及此后诸本。

② 《刻意集》本此行作"放一束花在我案上，"。

③ 新文艺本"凋谢"作"雕谢"。

④ 《刻意集》本"。"作"，"。

⑤ 《刻意集》本"携手"作"携你"。

⑥ 新文艺本、上海文艺社本"，"作"。"。

⑦ 《刻意集》本此行作"绍介于我家人之前，"。

⑧ 《刻意集》本、新文艺本、上海文艺社本、文集本此处有"。"。

我梦中的幽暗。①) ②

轻易送人南去，

车行后月白天高，

今晚翻似送走了我③ 自己。

在这④ 风沙的国土里，

是因为一个寂寞的记忆⑤ 吗，

始知珍爱我⑥ 自己的足迹。⑦

---

① 新文艺本、上海文艺社本此处无"。"。

②《刻意集》本以上二行作"（你们的名字照亮了 / 梦中的幽暗。)"。《刻意集》本以上两段为一段。

③《刻意集》本此处无"我"。

④《刻意集》本此处无"这"。

⑤《刻意集》本"记忆"作"忆念"。

⑥《刻意集》本、新文艺本、上海文艺社本、文集本此处无"我"。

⑦《刻意集》本、文集本诗尾有落款"一九三四年二月二日"；新文艺本、上海文艺社本落款为"1934年2月2日"。

病中 ①

想这时湖水

正翻着黑色的浪，

风掠过灰瓦的屋顶，

黄瓦的屋顶，

大街上沙土旋转着

像 ② 轮子，远远的 ③ 郊外

一乘骡车在半途停顿，

四野没有人家……④

四个墙壁使我孤独。

今天我的墙壁更厚了

一层层风，⑤ 一层层沙。

---

① 此诗原题作《风沙日》，收入《汉园集·燕泥集》；后改题作《病中》，收入初版本及此后诸本。
② 新文艺本、上海文艺社本、文集本"像"作"象"。
③《汉园集》本"的"作"地"。
④《汉园集》本以上二行作"一乘古式骡车在半途／停顿，四野没有人家…"。
⑤《汉园集》本此处无"，"。

"今夜北风像① 波涛声②

摇撼着我们的小屋子

像③ 船。我寂寞的旅伴，

你厌倦了这长长的旅程吗？

我们是到热带去，

那里我们都将④ 变成植物，

你是常春藤

而我是高大的菩提树。"⑤

黄昏。我轻轻开了

我的灯，开了我的书，

开了我的记忆像⑥ 锦匣。⑦

---

① 新文艺本、上海文艺社本、文集本"像"作"象"。
② 新文艺本、上海文艺社本、文集本此处有","。
③ 新文艺本、上海文艺社本、文集本"像"作"象"。
④ 《汉园集》本、新文艺本、上海文艺社本、文集本"那里我们都将"作"那儿我们将"。
⑤ 《汉园集》本以上二行作"我是常春藤 / 而你是高大的菩提树。'"。
⑥ 新文艺本、上海文艺社本、文集本"像"作"象"。
⑦ 《汉园集》本、文集本诗尾有落款"三月十三日"；新文艺本、上海文艺社本落款为"3月13日"。

夜景（一）①

市声退落了
像②潮水让出沙滩。③
每个灰色的屋顶下
有安睡的灵魂。

最后一乘旧马车走过。④

宫门外有劳苦人
枕着大的凉石板睡了，
半夜⑤醒来踢起同伴，
说是听见了哭声，
或远或近地，
在重门锁闭的废宫内，

①此诗原题作《荒城》，载于《大公报（天津）》1934年4月18日；后改题目作《夜景》，收入《汉园集·燕泥集》；又改题作《夜景（一）》，收入初版本及此后诸本。其中，《大公报（天津）》本全诗无标点符号。
②新文艺本、上海文艺社本、文集本"像"作"象"。
③《汉园集》本"。"作"，"。
④《汉园集》本"。"作"…"；新文艺本、上海文艺社本、文集本"。"作"……"。
⑤《大公报（天津）》本、《汉园集》本"半夜"作"深夜"。

在栖满乌鸦的城楼上。①
于是更有奇异的回答了,
说是一天黄昏,②
曾看见石狮子流出眼泪……③

带着柔和的叹息远去,
夜风在摇城头上的衰草。④

---

① 《汉园集》本"。"作","。
② 《汉园集》本此处无","。
③ 《汉园集》本"……"作"…"。
④ 《大公报(天津)》本诗尾有落款"三月二十八日"。

夜景（二）①

下弦夜的蓝雾里。

（假若你不是这城中的陌生客，

会在街上招呼错人。）②

马蹄声凄寂欲绝。

在剥落的朱门前，

在半轮黄色的灯光下，③

有怯弱的手自启车门，

放下一只④黑影子，

又摸到门上的铜环。

两声怯弱的扣响。

（你猜想他是一个浪子，

虚掷了半生岁月，

乃回到衰落的门庭，

---

① 此诗初收入《刻意集》，后又收入初版本及此后诸本。《刻意集》本题目下有脚注"附注：《夜景（一）》见《燕泥集》。"。

② 《刻意集》本以上二行作"（你若不是这城中的陌生客，/ 会在街上招呼错了人。）"。

③ 《刻意集》本以上三行作"马蹄声孤寂欲绝，/ 停在剥落的朱门前。/ 一半轮澹黄的灯光下，"。

④ 《刻意集》本"一只"作"一个"。

或者垂老无归，

乃远道投奔他仅存的亲人？ ）①

又两声铜环的扣响②

追问门内凄异的沉默。

（猜想他未定的命运吧！ ）③

剥落的朱门开了半扇，

放进那只黑影子又关上了。

（把你关到世界以外了。 ）

马蹄声凄寂遂远。④

（所以黄昏时候，

鸟雀就开始飞，

是怕天黑尽了

在树林⑤找错了它们的巢。 ）⑥⑦

---

①《刻意集》本以上五行原作七行：" （你猜想他未定的命运吧：/也许是一个浪子，/掷掉了半生的欢乐，/垂老回到他衰落的门庭。/也许是一个奋臂的壮游者，/穷老无归，乃颓然/远道投奔他仅存的亲人。）"。

②《刻意集》本此行作"又两声较高的铜环响"。

③《刻意集》本此行作"（你恐惧那未定的命运吗？ ）"。

④《刻意集》本以上四行原作七行："迟迟的乃有一声愤怒的惊讶，/剥落的朱门开了半扉，/放进那黑影子，又关了。/（把你关在世界以外了。/你像走入一个离奇的地域/又茫然无所知的走出了。）/马蹄声孤寂邃远……"。

⑤ 新文艺本、上海文艺社本、文集本"树林"作"树林里"。

⑥《刻意集》本以上四行作"（你现在知道了为什么/黄昏时鸟雀就忙着翅膀飞：/是怕天黑尽了在树林里/找错了它们的巢。）"。

⑦《刻意集》本、文集本诗尾有落款"四月十六日"；新文艺本、上海文艺社本落款为"4月16日"。

失眠夜 ①

正有人从辽远的梦里回来，

有人梦里也是沙漠，②

正踟蹰，③

           邦，邦，

梆子迈着大步，

在深巷中惊起犬吠，

又自己哑下去。④

最后该你夜行车，⑤

来叹一口长长的气。⑥

你那样蛮强又颤抖，

当这时林叶正颤抖于冷露。

————————

① 此诗收入《汉园集·燕泥集》，后收入初版本及此后诸本。

② 《汉园集》本以上二行作"正有人从迢遥的响梦／回来，有人梦里也是沙漠，"。

③ 上海文艺社本"，"作"。"。《汉园集》本、新文艺本、上海文艺社本以上三行为一段。

④ 《汉园集》本以上三行作"梆子迈着沉重的大步／叩问迷路的街巷，／在他人门外惊起犬吠／又自己哑下去。"。

⑤ 《汉园集》本、新文艺本、上海文艺社本此处无"，"。

⑥ 《汉园集》本此行作"来叹一口长长的气了。"；新文艺本、上海文艺社本、文集本此行作"来叹一口长长的气了，"。

病孩在母亲的手臂里，①

揉揉睡眼哭了。②

白发人的呓语

惊不醒同座的呼噜。③

车呵④，你载着各种不同的梦，

沿途捡拾⑤些上来

又沿途扔⑥下去。⑦

---

① 《汉园集》本此行作"病孩在母亲手腕上"。

② 《汉园集》本"。"作","。

③ 《汉园集》本以上二行作"白发人的呓语惊不醒／同座的呼噜："。

④ 《汉园集》本"车呵"作"车啊"。

⑤ 新文艺本、上海文艺社本、文集本"捡拾"作"拣拾"。

⑥ 《汉园集》本"扔"作"丢"。

⑦ 《汉园集》本、文集本诗尾有落款"四月二十八日"；新文艺本、上海文艺社本落款为"4月28日"。

古城 ①

有客从塞外归来，②

说长城像③一大队奔马

正当举颈怒号时变成石头了④

（受了谁的魔法，谁的诅咒！⑤）⑥

蹄下的衰草年年抽新芽。⑦

古代单于的灵魂已安睡

在胡沙里，远戍的白骨也没有怨嗟……⑧

但长城拦不住胡沙

和着塞外的大漠风

---

① 原题作《古城与我》，载于《文学季刊》1934 年第 1 卷第 3 期。初收入《汉园集·燕泥集》，又收入初版本及此后诸本。

② 《文学季刊》本、《汉园集》本此处无 "，"。

③ 新文艺本、上海文艺社本、文集本 "像" 作 "象"。

④ 《文学季刊》本、《汉园集》本、新文艺本、上海文艺社本、文集本此处有 "。"。

⑤ 《汉园集》本 "！" 作 "，"。

⑥ 《文学季刊》本此行作 "（受了谁底魔法，谁底诅咒），"。

⑦ 《文学季刊》本 "。" 作 "："；《汉园集》本 "。" 作 "，"。

⑧ 《文学季刊》本以上二行作 "古代单于底灵魂已安睡在 / 胡沙里，远戍的白骨也没有怨嗟……"；《汉园集》本以上二行作 "古代单于的灵魂已安睡在 / 胡沙里，远戍的白骨也没有怨嗟…"；新文艺本、上海文艺社本、文集本以上二行作 "古代单于的灵魂已安睡在胡沙里，/ 远戍的白骨也没有怨嗟……"。

吹来这古城中 ①

吹湖水成冰，树木摇落，②

摇落浪游人的 ③ 心。

深夜踏过白石桥

去摸太液池边的白石碑。④

以后逢人便问人字柳 ⑤

到底在那儿呢，⑥ 无人理会。

悲这是故国遂欲走了 ⑦

又停留，想眼前 ⑧ 有一座高楼，

在危阑上凭倚…… ⑨

          坠下地了

黄色的槐花，伤感的泪。⑩

邯郸逆旅的枕头上

---

① 《文学季刊》本、《汉园集》本、新文艺本、上海文艺社本、文集本此处有"，"。

② 《文学季刊》本"，"作"——"。

③ 《文学季刊》本"的"作"底"。

④ 《文学季刊》本此处无"。"；《汉园集》本"。"作"，"。

⑤ 《文学季刊》本此行前有一行："（月光在摸碑上的朱字）："；《汉园集》本此行前有一行："（月光在摸碑上的朱字，）"。

⑥ 《文学季刊》本"到底在那儿呢，"作"倒底在哪儿呢："；《汉园集》本"到底在那儿呢，"作"倒底在哪儿呢，"。

⑦ 新文艺本、上海文艺社本、文集本此处有"，"。

⑧ 《文学季刊》本、《汉园集》本此处有"突兀"。

⑨ 《汉园集》本"……"作"…"。

⑩ 《文学季刊》本"。"作"："。

一个幽暗① 的短梦

使我尝尽了一生的哀乐。②

听惊怯的梦的门户远闭，③

留下长长的冷夜凝结在地壳上。

地壳早已僵死了，仅存几条微颤的动脉，

间或，远远的铁轨的震动。④

逃呵⑤，逃到更荒凉的城中，⑥

黄昏上废圮的城堞远望，

更加局促于这北方的天地。

说是平地里一声雷响，

泰山：缠上云雾间的十八盘

也像⑦ 是绝望的姿势，绝望的叫喊⑧

（受了谁的诅咒，谁的魔法！⑨）⑩

---

① 《文学季刊》本、《汉园集》本"幽暗"作"阴暗"。

② 《文学季刊》本、《汉园集》本"。"作"，"。

③ 《文学季刊》本此行作"听惊怯的门户关闭"；《汉园集》本此行作"听惊怯的门户关闭，"。

④ 《文学季刊》本以上三行作四行："留下长长的冷夜凝结／在地壳上：地壳早已僵死了／仅存一条微颤的静脉，／间或，远远地铁轨底震动……"；《汉园集》本以上三行作四行："留下长长的冷夜凝结／在地壳上，地壳早已僵死了，／仅存一条微颤的静脉，／间或，远远的铁轨的震动……"；新文艺本、上海文艺社本、文集本以上三行作四行："留下长长的冷夜凝结在地壳上，／地壳早已僵死了，／仅存几条微颤的动脉，／间或，远远的铁轨的震动。"。

⑤ 《文学季刊》本、《汉园集》本"逃呵"作"逃啊"。

⑥ 《文学季刊》本、《汉园集》本此处无"，"。

⑦ 新文艺本、上海文艺社本、文集本"像"作"象"。

⑧ 《文学季刊》本、《汉园集》本、新文艺本、上海文艺社本、文集本此处有"。"。

⑨ 《汉园集》本"！"作"，"。

⑩ 《文学季刊》本此行作"（受了谁底诅咒，谁底魔法）："。

望不见黄河落日里的船帆！　①
望不见海上的三神山！　②

悲世界如此狭小又逃回
这古城。③ 风又吹湖冰成水。④
长夏里古柏树下
又有人围着桌子喝茶。⑤

---

①《文学季刊》本、《汉园集》本、新文艺本、上海文艺社本、文集本此行作"望不见落日里黄河的船帆，"。

②《文学季刊》本、新文艺本、上海文艺社本、文集本"！"作"……"；《汉园集》本"！"作"…"。

③《文学季刊》本、《汉园集》本"。"作"："。

④《文学季刊》本此处无"。"；《汉园集》本"。"作"，"。

⑤《文学季刊》本诗尾有落款"四月十四日晨成"；《汉园集》本、文集本落款为"四月十四日"；新文艺本、上海文艺社本落款为"4月14日"。

墙 ①

轧轧的，水车的歌唱 ②
展开清晨的长途：

灰色的墙使长巷更长，
我将伫足微叹了。③
看藤萝垂在墙半腰
青青的 ④，像 ⑤ 谁遗下的带子

引我想墙内草场上
日午有圆圆的 ⑥ 树影升腾……

朦胧间觉我是一只 ⑦ 蜗牛

---

① 此诗初载于《大公报·文艺副刊》1934 年 9 月 26 日，第 105 期；又载于《盛京时报》1934 年 10 月 10 日。后收入《刻意集》，又收入初版本、文集本，新文艺本、上海文艺社本删去此诗。

② 《大公报》本、《盛京时报》本此行作"轧轧地，水车底歌唱"；《刻意集》本、文集本作"轧轧的水车的歌唱"。

③ 《大公报》本"。"作"，"。

④ 《大公报》本"的"作"地"。

⑤ 《大公报》本、《刻意集》本、文集本此处无"像"。

⑥ 《大公报》本、《盛京时报》本、《刻意集》、文集本"圆圆的"作"亭亭的"。

⑦ 《大公报》本、《盛京时报》本、《刻意集》本、文集本"一只"作"只"。

爬行在砌隙①，迷失了路。②

一叶绿阴③和着露凉

使我睡去，做长长的朝梦。

醒来转身④一坠，

喳，依然身在⑤墙外。⑥

---

① 《大公报》本、《盛京时报》本、《刻意集》本、文集本"砌隙"作"砖隙"。

② 《大公报》本、《刻意集》本、文集本"。"作","。

③ 文集本"绿阴"作"绿荫"。

④ 《大公报》本、《盛京时报》本、《刻意集》本、文集本"转身"作"轻身"。

⑤ 《大公报》本、《盛京时报》本"身在"作"坠在"。

⑥ 《大公报》本、《盛京时报》本诗尾有落款"八月十五日"；《刻意集》本、文集本落款为"一九三四年八月十五日"。

扇 ①

设若少女妆台间没有镜子，

成天凝望着② 悬在壁上的宫扇，

扇上的楼阁如水中倒影，

染着剩粉残泪如烟云，

叹华年流过绢面，

迷途的仙源不可往寻，③

如寒冷的月里有了生物，④

望着这苹果形的地球，⑤

猜在它的⑥ 山谷的浓淡阴影下，⑦

居住着的是多么幸福……⑧⑨

---

① 此诗初载于《水星》1935 年第 1 卷第 6 期，后收入《刻意集》，又收入初版本及此后诸本。

② 《水星》本、《刻意集》本"凝望着"作"凝望"。

③ 《水星》本、《刻意集》本"，"作"："。

④ 《水星》本、《刻意集》本"月里有了生物，"作"月里的生物"。

⑤ 《水星》本、《刻意集》本此行作"每夜仰望这苹果形的星球，"；新文艺本此行作"每月凝望这苹果形的地球，"；上海文艺社本、文集本此行作"每夜凝望这苹果形的地球，"。

⑥ 《水星》本、《刻意集》本此处无"它的"。

⑦ 《水星》本、《刻意集》本此处无"，"。

⑧ 《水星》本、《刻意集》本"……"作"。"。

⑨ 《水星》本、《刻意集》本、文集本诗尾有落款"十月十一日"。

风沙日 ①

正午。河里的船都张起白帆时

我放下我窗外的芦苇帘子。

太阳是讨厌思想的。②

放下我的芦苇帘子

我就像③ 在荒岛的岩洞里④ 了。

但我到底是被逐入海的米兰公，

还是他的孤女美鸳达？⑤

美鸳达！我叫不应我自己的名字。

---

① 此诗原题作《箜篌引》，载于《万县民众教育月刊》1935 年第 1 卷第 4 期；又载于《水星》
1935 年第 2 卷第 3 期。《水星》本诗前有小引："古今注：箜篌引者朝鲜津卒霍里子高妻丽玉所作也。
子高晨起刺船，有一白首狂夫被发提壶，乱流而渡，其妻随而止之，不及，遂堕河而死，于是援箜篌
而歌曰：公无渡河，公竟渡河。堕河而死，当奈公何。声甚凄怆。曲终亦投河而死。子高还以语丽玉，
丽玉伤之，引箜篌而写其声。"收入《刻意集》时，题目改作《风沙日（二）》；后又改诗题为《风沙日》，
收入初版本及此后诸本。《刻意集》本题目下有附注："题目：《风沙日（一）》见《燕泥集》。"

② 《水星》本、《刻意集》本此段三行作"正午：河里船都挂起白帆时 / 我放下窗上的芦苇帘子。/
Le soleil déteste la pensee."。《刻意集》本此处有附注："第一节第三行：纪德《记王尔德》文中
王尔德语。"

③ 新文艺本、上海文艺社本、文集本"像"作"象"。

④ 新文艺本、上海文艺社本、文集本"里"作"间"

⑤ 《刻意集》本此处有附注："第二节第三四行：见莎士比亚《暴风雨》。"新文艺本、上海文艺社本、
文集本此处有注释："米兰公和美鸳达都是莎士比亚戏剧《暴风雨》中的人物。"

忽然狂风像 ① 狂浪卷来，

满天的晴朗变成满天的黄沙。

这难道是我自己的魔法？ ②

二十年来 ③ 未有的大风，

吹飞了水边的老树想化龙，

吹飞了一垛墙，一块石头，

到驴子头上去没有声息。

我正想睡一个长长的午觉呢。

我正想醒来落在仙人岛边

让人拍手笑秀才落水呢。 ④

但让我听我自己的梦话吧！

……*And Ladies call it Love—in—idleness*。 ⑤

不要滴那花汁在我的眼皮上，

---

① 新文艺本、上海文艺社本、文集本 "像" 作 "象"。

② 《水星》本、《刻意集》本此段八行作二段十七行："放下窗上的芦苇帘子 / 我就在荒岛的岩洞间了。/ 但我倒底是被逐入海的米兰公 / 还是他的孤女，美鸾达？ / 美鸾达！我叫不应自己的名字。/ 暴风从远处卷来像怒涛 / 突然卷去了一天的晴朗，/ 难道是我自己的魔法？ / 难道满空飞着叫着的蝗虫 / 是我葫芦里散出的黄沙？ // 我倒想着十月伦敦的黄雾呢。/ '太太，你厌倦了阳光和花吗？ / 你厌倦了阳光和树叶吗？ / 让我把车开得和船一样 / 驶行在雾的街道中像河上。/ 一片礁石？礁石碰到了我们 / 我们就变浪花，没有声息。'"。

③ 新文艺本、上海文艺社本、文集本 "二十年来" 作 "数十年来"。

④ 《刻意集》本此处有附注："第四节第八九行：见《聊斋·仙人岛》。" 新文艺本、上海文艺社本、文集本此处有注释："故事见《聊斋志异》中的《仙人岛》。"

⑤ 《刻意集》本此处有附注："第四节第十四行：莎士比亚《夏夜梦》中原句。" 新文艺本、上海文艺社本此两行作 "但听你自己的梦话吧！ / ……Maidens call it love—in—idleness."，且此处有注释 "莎士比亚戏剧《仲夏夜之梦》中的原句。故事参看原剧。" 文集本此两行作 "但听你自己的梦话吧！ / ……Maidens call it love—in—idleness."，且此处注释为 "莎士比亚戏剧《仲夏夜之梦》中的原句。故事参看原剧。根据朱生豪译本，中文为 '少女们把它称作"爱懒花"。' ——编者"。

我醒来第一眼看见的

可能 ① 是一匹狼，一头熊，一只猴子……②

……口渴？可要一杯水？一只橘子？

说着说着，一翻身，一伸手，

把床前藤桌上的麦冬草

和盆和盘打下地了。

打碎了我的梦了。

我又想我是一个白首狂夫，

被 ③ 发提壶，奔向白浪呢。④

卷起我的窗帘子来：

看到底是黄昏了

---

① 新文艺本、上海文艺社本、文集本"可能"作"也许"。

②《水星》本、《刻意集》本以上一段十二行作十七行："数十年来未有的大风／吹飞了水边的老树想化龙／吹飞了一座牌楼一垛墙／到驴子头上也没有声息。我真想睡一个长长的午觉呢。／我真想在壁上描一幅画／到壁上的画里去／醒来落在仙人岛边／听人鼓掌笑'秀才落水'呢。／但听你自己的梦话吧。／（干吗这一向你老说梦话？）／口渴？可要一杯水？一只橘子？／……橘逾淮化为枳，／Maidens call it love—in—idleness／不要滴那花汁在我眼皮上，／醒来我第一眼看见的也许是／一头熊，一匹狼，一只猴子…"。

③ 上海文艺社本"被"作"披"。

④《水星》本、《刻意集》本此段七行作八行："…干吗床头的草你老瘦瘦的？／问着问着一翻身和盆和盘／打下地了。打碎了梦了。／我正梦着一位小说里的女人呢。／（娜斯塔西亚，你幸福吗？／裂帛声撕扇子声能使你笑吗？）／我正梦着我是一个白首狂夫／被发提壶，奔向白浪呢。"。《刻意集》本此段有两处附注："第五节第五行：娜斯塔西亚为杜斯退益夫斯基小说《白痴》中女主人公。""第五节第七行：见《古今注》'箜篌引'条。"新文艺本、上海文艺社本、文集本此处有注释："故事见《古今注》中'箜篌'条。"

还是一半天黄沙埋了这座巴比伦？ ①②

---

　①《水星》本、《刻意集》本此段三行作二行："卷起帘子来：看倒底是黑夜了／还是一半天黄沙埋了这座巴比伦。"。

　②新文艺本、上海文艺社本诗尾落款为"1935年春"；文集本落款为"一九三五年春"。

卷三

（一九三六年到一九三七年，山东莱阳）①

---

① 新文艺本、上海文艺社本此处为"（1936—1937）"。

送葬①

燃在静寂中的白蜡烛

是从我②胸间压出的叹息。

这是送葬的时代。

我③听见坏脾气的拜轮爵士

响着冰冷的声音："金钱。

冰冷的金钱。但可以它换得欢快。"

我④看见讷伐尔用蓝色丝带，⑤

牵着知道海中秘密的龙虾走在大街上，⑥

又用女人围裙上的带子⑦

吊死在每晚一便士的旅馆的门外。⑧

---

① 此诗原题作《送葬辞》，与《于犹烈先生》《人类图史》合题作《七日诗抄》，载于《文丛》1937
年3月15日，第1卷第1期，后收入初版本及此后诸本。

②《文丛》本"我"作"我们"。

③《文丛》本"我"作"我们"。

④《文丛》本"我"作"我们"。

⑤《文丛》本、新文艺本、上海文艺社本、文集本此处无"，"。

⑥《文丛》本此行作"牵着知道海中秘密的龙虾"。

⑦《文丛》本此行作"又用围裙上的带子"。

⑧《文丛》本"。"作"："。

最后的田园诗人正在旅馆内

用刀子割他颈间 ① 的蓝色静脉管。

我 ② 再不歌唱爱情

像 ③ 夏天的蝉歌唱太阳。

形容词和隐喻和人工纸花

只能在炉火中发一次光。

无声地 ④ 啮食着书叶的蚕子

无 ⑤ 懒惰中作它们的茧。

这是冬天。

在长长的送葬的行列间

我埋葬我自己 ⑥

像 ⑦ 播种着神话里的巨蟒的牙齿，⑧

等它们生长出一群甲士 ⑨

---

① 《文丛》本此处无"颈间"。

② 《文丛》本"我"作"我们"。

③ 新文艺本、上海文艺社本、文集本"像"作"象"。

④ 《文丛》本"地"作"的"。

⑤ 《文丛》本、新文艺本、上海文艺社本、文集本"无"作"在"。

⑥ 《文丛》本此行作"我们埋葬我们自己"。新文艺本、上海文艺社本、文集本此处有","。

⑦ 新文艺本、上海文艺社本、文集本"像"作"象"。

⑧ 《文丛》本此处无","。

⑨ 《文丛》本此行作"随后地中生长出一群甲士"。

来互相攻杀，①

一直② 最后剩下最强的。

一九三六年十一月八日。③

①《文丛》本此处无“，”。

②《文丛》本“一直”作“直到”；上海文艺社本、文集本此处有“到”。

③《文丛》本此处落款为“十一月八日”；新文艺本、上海文艺社本为“1936 年 11 月 8 日，莱阳”；文集本为“一九三六年十一月八日，莱阳”。

于犹烈先生 ①

于犹烈先生是古怪的。

一下午我遇见他独自在农场上

脱了帽对② 一丛郁金香折腰。

阳光正照着那黄色，白色，红色的花朵。③

"植物，"他说，"有着美丽的生活。④

这矮小的花卉用香气和颜色

招致蜂蝶以繁殖后代，

而那溪边高大的柳树传延种族

却又以风，以鸟，以水。

植物的生殖是它的死亡的准备，⑤

没有节育，也没有产科医院。"⑥

他慢慢地走到一盆含羞草前，

---

① 此诗与《送葬辞》《人类图史》合题作《七日诗抄》载于《文丛》1937年3月15日，第1卷第1期，后收入初版本及此后诸本。

②《文丛》本"对"作"向"。

③《文丛》本此行作"阳光照着那红色白色黄色的花朵。"

④《文丛》本"。"作"："。

⑤《文丛》本以上五行作"这矮小的草卉用花的颜色和香气／招致蜂蝶以繁殖它的后代，／而那溪边的高大的柳树／传延它的种族又以风，以鸟，以水。／植物的生殖常是它们死亡的预备，"。

⑥ 新文艺本、上海文艺社本、文集本以上二行作"植物的生殖自然而且愉快，／没有痛苦，也没有恋爱。'"。

用手指尖触它的羽状叶子。①

那些青色的眼睛挨次合闭，

全枝像②慵困的头儿低垂到睡眠里。

于犹烈先生是古怪的。

十一月十日。③

---

① 《文丛》本以上二行作"他慢慢的走到一棵含羞草前／用指尖触着它的羽状的叶子，"。
② 新文艺本、上海文艺社本、文集本"像"作"象"。
③ 《文丛》本、文集本此处作"十一月十日"；新文艺本、上海文艺社本此处作"11 月 10 日"。

声音 ①

鱼没有声音。蟋蟀以翅长鸣。

人类的祖先直立行走后

还应庆幸能以呼喊 ② 和歌唱

吐出塞满咽喉的悲欢，

如红色的火焰能使他们温暖，

当他们在寒冷的森林中夜宴，

手掌上染着兽血

或者 ③ 紧握着石斧，石剑。

但是谁制造出精巧的弓矢，

射中了一只驯鹿

又转身来射他兄弟的头额？ ④

---

① 此诗初载于《大公报·文艺副刊》1937 年 1 月 31 日，第 293 期；又载于《好文章》1937 年第 6 期。后收入初版本及此后诸本。

② 《大公报》本、《好文章》本"呼喊"作"粗豪的呼喊"。

③ 《大公报》本、《好文章》本"或者"作"或"。

④ 《大公报》本、《好文章》本以上三行作"但是谁制出精巧的弓矢 / 射中了一只驯鹿又转身来 / 射他的兄弟的头额？"。

于是有了十层洋楼高的巨炮①

威胁着天空的和平，

轧轧的铁翅间散下火种②

能烧毁一切③城市的骨骼：钢铁和水门汀。

不幸在人工制造的死亡的面前，

人类丧失了声音

像④ 鱼

在黑色的网里。

当长长的阵亡者的名单继续传来，⑤

后死者仍默默地⑥在粮食恐慌中

找寻⑦一片马铃薯，一个鸡蛋。

而那几个发狂的赌徒也是默默地⑧

用他们⑨肥大而白的手指

以⑩人类的命运为孤注

压在结果全输的点子间。⑪

---

　①《大公报》本、《好文章》本此处有尾注："欧战时德军在距巴黎八十里的阵地以一长射程大炮轰击巴黎。炮身长三十六米突，和十层洋楼一样高。"

　②《大公报》本、《好文章》本此处有尾注："一种燃烧炸弹爆发后，能发生三千度高热。"

　③《大公报》本、《好文章》本此处无"一切"。

　④ 新文艺本、上海文艺社本、文集本"像"作"象"。

　⑤《大公报》本、《好文章》本此处有尾注："见 E·格来塞一九〇二级中描写。"

　⑥《大公报》本、《好文章》本"地"作"的"。

　⑦《大公报》本、《好文章》本"找寻"作"寻找"。

　⑧《大公报》本、《好文章》本"地"作"的"。

　⑨《大公报》本此处有"的"。

　⑩《大公报》本、《好文章》本"以"作"把"。

　⑪《大公报》本、《好文章》本诗尾有落款"十一月十二日"。

醉吧 ①

给轻飘飘地歌唱着的人们 ②

醉吧。醉吧。

真正的醉者有福了，

因为天国是他们的。

如其酒精和 ③ 书籍

和滴蜜的嘴唇

都掩不住人间的苦辛，

如其由沉醉而半解 ④

而终于全醒，

是否还斜戴着 ⑤ 帽子，

⑥ 半闭着眼皮，

---

① 此诗载于《新诗》1937 年 1 月第 4 期，后收入初版本及此后诸本。

② 《新诗》本"给轻飘飘地歌唱着的人们"作"讽刺诗一首借波德莱尔散文小诗题目。"

③ 《新诗》本"和"作"知"，疑印刷错误。

④ 《新诗》本此行作"如其由陶醉而苏解"。

⑤ 《新诗》本此处无"着"。

⑥ 《新诗》本此处有"还"。

扮演一生的微醺？ ①

震慑在寒风里的苍蝇 ②
扑翅于纸窗前 ③，
梦着死尸，
梦着盛夏的西瓜皮，
梦着无梦的空虚。

我在我 ④ 嘲笑的尾声上
听见了自己的羞耻：
"你也不过嗡嗡嗡
像 ⑤ 一只苍蝇！ ⑥"

如其我是苍蝇，
我期待着铁丝的手掌
击到我头上的声音。⑦

---

① 《新诗》本以上三行自成一段。
② 《新诗》本此行作"震慑在寒风的苍蝇"。
③ 《新诗》本"纸窗前"作"纸窗间"。
④ 《新诗》本"我"作"我的"。
⑤ 新文艺本、上海文艺社本、文集本"像"作"象"。
⑥ 《新诗》本"！"作"。"。
⑦ 《新诗》本诗尾有落款"十二月十一日草成"；新文艺、上海文艺社本落款为"12 月 11 日"；
文集本落款为"十二月十一日"。

云 ①

"我爱那云，那飘忽的云……"

我自以为是波德莱尔散文诗中

那个忧郁地偏起颈子

望着天空的远方人。

我走到乡下。

农民们因为诚实而失掉了土地。②

他们的家缩小为一束农具。③

白天他们 ④ 到田野间去寻找零活，

夜间以干燥的石桥为床榻。⑤

我走到海边的都市。

在冬天的柏油街上

一排一排的别墅站立着

---

① 此诗初载于《大公报·文艺副刊》1937 年 7 月 25 日，第 366 期，后收入初版本及此后诸本。

② 《大公报》本此行作"农民们因为诚实丧失了土地，"。

③ 《大公报》本"。"作"，"。

④ 《大公报》本此处无"他们"。

⑤ 《大公报》本此行作"黑夜里占据干燥的石桥作床榻。"。

像^①站立在街头的现代妓女，

等待着夏天的欢笑

和大腹贾的荒淫，^②无耻。

从此我要叽叽喳喳发议论：

我情愿有一个茅草的屋顶，

不爱云，不爱月^③，

也不爱星星。^④

---

① 新文艺本、上海文艺社本、文集本"像"作"象"。

②《大公报》本此处无"，"。

③《大公报》本"月"作"月亮"。

④《大公报》本诗尾有落款"四月十二夜，莱阳。"；新文艺本、上海文艺社本落款为"1937年春天"；文集本落款为"一九三七年春天"。

附录

昔年 ①

黄色的佛手柑从伸屈的指间

放出古旧的淡味 ② 的香气；

红海棠在青苔的阶石的一角开着，

象静静滴下的秋天的眼泪；③

鱼缸里玲珑吸水的假山石 ④ 上

翻着普洱草叶背的红色；⑤

小庭前有茶漆色的小圈椅

曾扶托过我昔年的手臂 ⑥。

寂寥的日子也容易从石栏畔，

从踯躅着家雀的瓦檐间轻轻去了，

不闻一点笑声，一丝叹息。

那 ⑦ 迎风开着的小廊的双扉，

---

① 此诗初收入《刻意集》，又收入新文艺本、上海文艺社本、文集本；这里以新文艺本为底本，以其他本汇校。

② 《刻意集》本"淡味"作"潜味"。

③ 《刻意集》本以上二行作"红海棠在青苔的阶石的一角 / 开着，像静静滴下的秋天的眼泪；"。

④ 《刻意集》本"假山石"作"石山"。

⑤ 《刻意集》本"；"作"，"。

⑥ 《刻意集》本"手臂"作"小手臂"。

⑦ 《刻意集》本此处有"长"。

那匍匐上楼的龙钟的木梯，

和①那会作回声的高墙

都记得而且能琐细地谈说②

我是③一个太不顽皮的孩子，

不解以青梅竹马作嬉戏的同伴。

④在那古老的落寞的屋子里，

我亦其一草一木，静静地⑤长，

静静地青，也许在寂寥里

也曾开过两三朵白色的花，⑥

但没有飞鸟的欢快的翅膀。

7 月 21 日⑦

---

①《刻意集》本"和"作"与"。

②《刻意集》本此行作"都记得，而且能琐尾的谈说"。

③《刻意集》本"我是"作"我是怎样"。

④《刻意集》本此处有"是的，"。

⑤《刻意集》本"地"作"的"。

⑥《刻意集》本以上二行作"静静的青，也许更在寂寥里／开过三两朵素白的花。"。

⑦《刻意集》本、文集本此处落款为"七月二十一日"。